Reliure

2 5 MAR 1991

Vianney Bélanger

Supplément réalisé avec la collaboration de
Dominique Boutel, Nadia Jarry
et Anne Panzani

traduit par Marie-Raymond Farré

ISBN : 2-07-031242-9
Titre original : Jeremiah in the Dark Woods
Publié par Penguin, Angleterre
© Janet et Allan Ahlberg, 1977
© Editions Gallimard, 1979 pour la traduction
et 1990, pour la présente édition
Numéro d'édition : 49695
Dépôt légal : septembre 1990

Imprimé en Italie par La Editoriale Libraria

# Qui a volé les tartes?

JANET ET ALLAN
AHLBERG

GALLIMARD

4

Il était une fois trois ours, cinq gorilles, un prince changé en crapaud, une Belle au Bois dormant, un loup, un dinosaure, un Chapelier fou, un bateau à vapeur, quatre pompiers, un crocodile qui avait avalé un réveil, des tas de haricots géants, et un petit garçon nommé Jérémie Obadia Jackenory Jones.

Jérémie Obadia Jackenory Jones vivait chez sa grand-maman, au milieu des Grands Bois. La maison de la grand-maman était de pain d'épice et de gâteaux, avec des vitres en sucre candi et un toit de chocolat fondant. Jérémie y était très heureux. Il adorait sa grand-maman et aimait beaucoup grignoter la maison.

Un matin, grand-maman lui dit :

« Jérémie, je vais préparer de bonnes tartes à la confiture pour ta tante qui vit au-delà des Grands Bois, plus loin que la rivière et bien plus loin que les collines, et je voudrais que tu ailles les lui apporter.

— Bien, grand-maman », dit Jérémie.

La grand-maman de Jérémie prépara les tartes et les plaça sur le rebord de la fenêtre, dans la cuisine, pour les laisser refroidir. Jérémie monta dans sa chambre et joua un peu avec son train électrique avant de partir.

A neuf heures, il mit sa veste, sa casquette, ses souliers de marche et descendit. A ce moment-là, sa grand-maman lui cria de la cuisine :

« Mon Dieu ! Viens vite, Jérémie ! Les tartes ont disparu ! »

Jérémie accourut dans la cuisine et vit aussitôt qu'il n'y avait plus rien sur le rebord de la fenêtre. Les tartes avaient disparu, et ce n'était pas tout, le plat aussi.

La grand-maman de Jérémie était la plus intelligente et la plus courageuse vieille dame à des kilomètres à la ronde. Elle savait faire des additions en un clin d'œil, grimper aux arbres comme un écureuil et combattre des loups et des crocodiles, s'il le fallait, rien qu'avec ses poings nus et son sac à main. Elle avait surtout de la force dans les bras, mais elle ne marchait pas très bien et ne pouvait pas du tout courir.

« Jérémie, dit-elle, le vilain voleur qui a dérobé les tartes se trouve quelque part dans les Grands Bois. Je veux que tu ailles l'attraper.

— Bien, grand-maman », dit Jérémie.

Sur ce, il donna un petit baiser à sa grand-maman et un petit coup de langue au papier peint du mur qui avait goût de bonbon à la menthe. Puis il sortit par la fenêtre.

Dans le jardin, il y avait de vagues traces de pas, et il se mit à les suivre.

Dans le bois, des feuilles mortes jonchaient le sol, et bientôt on ne vit plus les empreintes. Mais Jérémie n'abandonna pas la partie.

« Je chercherai le voleur et je le trouverai ! » dit-il.

Il continua à marcher en faisant craquer les feuilles sous ses souliers et en fredonnant un petit air pour tromper le silence.

A quelque distance de sa maison, Jérémie vit trois ours qui venaient vers lui : le papa ours, la maman ours et le petit ours.

« Je m'appelle Jérémie Obadia Jackenory Jones, dit Jérémie. Et je cherche le vilain voleur qui a dérobé les tartes de ma grand-maman.

— Ce n'est pas nous, dit le papa ours. Nous ne mangeons que du porridge.

— Et nous rentrons justement chez nous pour en manger, dit la maman ours. Nous sommes allés nous promener pendant qu'il refroidissait.

— Les tartes de ma grand-maman ont disparu pendant qu'elles refroidissaient.

— Ta grand-maman est sûrement une bonne grand-maman, dit le papa ours. Et les gens qui dérobent les tartes des vieilles dames feraient bien de réfléchir un peu avant de voler le porridge d'un ours.

— Ou de deux ours, dit la maman ours.

— Ou de trois ours, dit le petit ours.

— La personne qui a dérobé les tartes de ma grand-maman pourrait transformer un ours en descente de lit, si elle en avait envie », dit Jérémie.

Sur ce, Jérémie ôta sa casquette, salua les trois ours et continua son chemin.

Après avoir fait quelques pas, il tomba sur cinq gorilles assis autour d'une table, qui jouaient aux cartes et buvaient de la bière.

« Je m'appelle Jérémie Oba...

— On le sait, dit l'un des gorilles. On t'a entendu parler aux ours.

— Et je cherche...

— On l'a entendu aussi, dit le gorille. Mais on n'a pas vu de tartes. Pas vrai, vous autres ? »

Les autres gorilles approuvèrent.

« D'ailleurs, on a tous un alibi. Depuis mardi, on est restés ici à jouer aux cartes et à boire de la bière. Maintenant, excuse-nous, petit, mais on continue la partie. Bientôt, on doit prendre le bateau. »

Jérémie continua son chemin. Il se mit à jouer à un jeu de son invention : marcher entre les petites flaques de soleil éparpillées sur le sol. S'il marchait sur l'une d'elles, cela lui porterait malheur, et alors, adieu les tartes de grand-maman !

La personne qu'il rencontra ensuite fut un loup.

Ce loup portait une salopette et il réparait sa moto.

« Je m'appelle Jérémie Obadia Jackenory Jones, dit Jérémie. Et je cherche le vilain voleur qui a dérobé les tartes de ma grand-maman.

— Je suis innocent, dit le loup. Je ne mange que les grand-mamans. »

Il regarda fixement Jérémie et lui demanda :

« As-tu une grand-maman, mon garçon ?

— Oui, j'en ai une, répondit Jérémie. Et elle peut combattre des loups comme vous, s'il le faut, rien qu'avec ses poings nus et son sac à main.

— Oh ! fit le loup. Je crois que j'ai entendu parler d'elle. »

Il sourit à Jérémie d'un air rusé, ramassa une clef à molette et continua sa réparation.

Jérémie était fatigué, maintenant. Il s'éloigna un peu du loup, puis s'assit sous un arbre et se reposa un instant.

Au bout d'un moment, les trois ours passèrent devant lui en courant. Ils avaient l'air en colère. Au passage, ils lui crièrent quelque chose, une histoire de porridge volé et de chaises cassées, mais avant qu'il ait pu répondre, ils avaient disparu dans le bois.

Jérémie se leva, épousseta ses habits, défit les boutons de sa veste, car il avait chaud, et continua son chemin.

Jérémie ne comprit pas aussitôt qu'il avait rencontré un dinosaure car ses pattes arrière étaient larges comme des troncs d'arbre et le reste de son corps disparaissait derrière l'épais feuillage. Mais ensuite Jérémie vit piquer vers lui sa tête au bout d'un long cou et il l'entendit dire :

« Ah ! les beaux jours du bon vieux temps... ils sont bien loin, maintenant... »

Jérémie remarqua que le dinosaure tenait un album de bandes dessinées dans l'une de ses pattes. C'était probablement cela qu'il lisait à haute voix.

« Je m'appelle Jérémie Obadia Jackenory Jones, dit Jérémie.

— A mon avis, c'est un nom trop long pour un si petit garçon, dit le dinosaure.

— Je cherche le vilain voleur qui a dérobé les tartes de ma grand-maman.

— Eh bien, bonne chance ! Quoique, à mon avis, les voleurs et les tartes ne soient pas choses faciles à retrouver. »

Le dinosaure releva la tête au-dessus des arbres.

« A propos, je viens de voir un bonhomme qui mangeait quelque chose. Des tartes, ou peut-être des quiches, allez donc savoir ! »

Jérémie vit les pattes larges comme des troncs d'arbre s'éloigner et il entendit dans le ciel, au-dessus de lui, la voix grave et mélodieuse qui relisait la bande dessinée.

« Ah ! les beaux jours du bon vieux temps... ils sont bien loin, maintenant... »

« Ce n'est plus le bon vieux temps, maintenant ? pensa Jérémie. Moi, je croyais... »

Et il prit la direction que le dinosaure lui avait indiquée.

Jérémie continua son chemin et arriva à
une maison au toit couvert de fourrure, et
aux cheminées en forme d'oreilles de
lapin. Une table était dressée sous un
arbre, devant la maison, et quelqu'un y
siégeait tout seul. Jérémie le reconnut,
c'était le Chapelier fou. Il tenait un
sandwich à moitié grignoté d'une main, et
de l'autre une montre qu'il agitait de
temps à autre et portait à l'oreille.

En voyant s'approcher Jérémie, le Chapelier fou hurla :

« Pas de place ! Pas de place !

— Il y a de la place à revendre », dit Jérémie.

Puis il s'assit dans un grand fauteuil, à un bout de la table. Le fauteuil était chaud, et Jérémie pensa que quelqu'un s'y était sans doute assis quelques instants auparavant.

Le Chapelier agitait toujours sa montre et la portait à l'oreille.

« Quel jour sommes-nous ? demanda-t-il.

— Vendredi, répondit Jérémie.

— As-tu une meilleure réponse ? dit le Chapelier.

— Mercredi, dit alors Jérémie.

— C'est déjà mieux, dit le Chapelier.

— Mardi ? dit Jérémie.

— Encore mieux, dit le Chapelier.

— Lundi ! hurla Jérémie.

— Parfait, dit le Chapelier. Prends un peu plus de thé. »

Il se pencha et souleva le couvercle de la théière.

« Pardon, j'oubliais... Il y a un loir, à l'intérieur. »

Et il remit le couvercle.

Alors Jérémie parla au Chapelier fou des tartes de sa grand-maman et du vilain voleur qui les avait dérobées.

A ce moment-là, une ombre s'abattit sur la table.

« Au secours ! s'écria le Chapelier. Voilà le dragon ! »

Il bondit de sa chaise, la théière fourrée sous son bras, et fila vers la maison.

« Ce n'est pas le dragon, dit une voix grave et mélodieuse. C'est moi ! »

La tête du dinosaure apparut et s'approcha de Jérémie.

« C'est le bonhomme dont je t'ai parlé », dit-il.

Et il désigna le Chapelier qui venait juste d'atteindre la maison et claquait la porte derrière lui.

« As-tu retrouvé les tartes ?

— Non, il ne mangeait qu'un sandwich », répondit Jérémie.

Sur ce, le dinosaure recula la tête et disparut. Jérémie se leva de table, fit un petit signe de la main au Chapelier qui appuyait son visage contre une fenêtre en haut de la maison, et continua son chemin.

Lorsque Jérémie arriva à la rivière, il trouva un gros crocodile étendu sur la berge. Ce crocodile se lavait les dents et souriait de temps à autre dans un petit miroir d'argent.

« Je m'appelle Jérémie Obadia Jackenory Jones, dit Jérémie.

— C'est joli, dit le crocodile en se détournant de son miroir et en lui adressant un large sourire.

— Je cherche le vilain voleur qui a dérobé les tartes de ma grand-maman », dit Jérémie.

Une expression pensive apparut sur la figure du crocodile.

« Seraient-ce des tartes à la confiture ? demanda-t-il.

— Oui, dit Jérémie.

— Et cette confiture, serait-ce par hasard de la confiture de fraises, une délicieuse confiture de fraises des bois ?

— Oui, dit Jérémie.

— Et se pourrait-il que la pâte de ces

tartes soit dorée avec de succulents petits
bords ondulés et croustillants ?

— Oui, dit Jérémie.

— Alors, tu as bien fait de venir, dit le
crocodile. Viens t'asseoir près de moi
pour qu'on en discute. »

Mais Jérémie n'en fit rien, car il connais sait bien les crocodiles, et il demanda

« J'entends un tic-tac. Qu'est-ce qu c'est ?

— C'est moi, répondit le crocodile. U jour, dans ma jeunesse, j'ai avalé accider tellement un réveil. »

Une fois de plus, le crocodile sourit Jérémie d'un air engageant.

« Si tu veux bien t'asseoir à côté de mo tu pourras mieux l'entendre. »

Il ajouta :

« Et, tu sais, dans les grandes occasion il sonne. »

A ce moment-là, une voiture de pon piers entra en scène. Elle zigzaguait dérapait entre les arbres, en soulevant de nuages de poussière.

« Où est le feu ? hurlaient les pompier

— Par là ! » dit le crocodile en désignar paresseusement les arbres, derrière lu

La voiture des pompiers fit demi-tour et
artit aussi vite qu'elle était venue.

Lorsqu'elle eut disparu, Jérémie
emanda :

« Y a-t-il vraiment un feu ?

— Pas que je sache, répondit le croco-
ile. Et si nous revenions au réveil ? »

Tandis que le crocodile parlait, une
etite silhouette coiffée d'un grand cha-
eau accourait vers eux, en soulevant un
ourbillon de poussière. Le Chapelier
ou !

« Ai-je bien entendu une voiture de
ompiers ? demanda-t-il.

— Oui, répondit Jérémie.

— Parfait, dit le Chapelier. Nous en
vons le plus grand besoin.

— Puis-je vous demander, monsieur, si
ous avez eu affaire à un feu ? interrogea
e crocodile.

— Pas vraiment », dit le Chapelier.

Il enleva son chapeau haut de forme et souffla la poussière qui le recouvrait.

« Récemment, continua-t-il, j'ai eu des ennuis avec un dragon.

— Non, il s'agit d'un dinosaure, dit Jérémie.

— Qui te l'a dit ? demanda le Chapelier.

— Le dinosaure lui-même, dit Jérémie.

— Alors, c'était certainement un dragon, dit le Chapelier. Tout le monde sait que les dragons mentent comme des arracheurs de dents. Alors qu'au contraire les dinosaures sont les créatures les plus sincères qui aient jamais existé sur cette terre ! »

Le Chapelier remit son chapeau et l'enfonça bien sur sa tête.

« Et, bien sûr, les dragons ont également la mauvaise habitude de cracher des flammes et de la fumée, chose que je n'apprécie guère.

— Ah ! fit le crocodile, vous avez donc appelé les pompiers pour éteindre les flammes d'un dragon ?

— Exactement, dit le Chapelier.

— Excellente idée, monsieur, si je puis m'exprimer ainsi, dit le crocodile en souriant au Chapelier d'un air engageant. Il se trouve que j'ai eu moi-même quel-

ques mésaventures avec des dragons, et si vous voulez vous asseoir près de moi, je serai ravi de vous les raconter. »

Mais le Chapelier fou n'en fit rien. Pas si fou !

Jérémie quitta le crocodile et marcha le long de la berge. C'était le milieu de la journée et il avait faim.

Après s'être suffisamment éloigné du crocodile, il s'installa sous un petit pêcher et prit quelques fruits rouges et dorés qui pendaient à une branche. Puis il enleva ses souliers de marche, ses socquettes, retroussa son pantalon jusqu'aux genoux et trempa ses pieds dans l'eau fraîche.

Tout en regardant ses orteils frétiller sous l'eau verte, il réfléchit au mystère des tartes de sa grand-maman. Personne ne les avait.

Ni le loup, ni le crocodile (mais pouvait-on vraiment leur faire confiance ?), ni le dinosaure (Jérémie, en revanche, lui faisait confiance), ni les gorilles (ils n'avaient pas bougé depuis mardi), ni les ours, ni le Chapelier fou.

Alors, dans une boucle formée par la rivière, déboucha un bateau à vapeur de couleur vive. Il soufflait et crachotait de petits nuages de fumée grise. Près du gouvernail, sur le pont supérieur, se tenait un homme, un mégaphone à la main. Une dame en robe fleurie, qui s'essuyait les yeux avec un mouchoir, s'accrochait à son bras.

« Ohé ! fit l'homme.

— Ohé ! fit Jérémie.

— Je suis le capitaine Dawkins, et voici ma femme. Nous recherchons notre fille, Miss Margery Daw Dawkins, plus connue sous le nom de Boucle d'Or, à cause de ses beaux et blonds cheveux longs. Elle a disparu depuis une quinzaine d'heures et nous sommes inconsolables.

— Je n'ai pas vu votre fille, capitaine Dawkins, dit Jérémie. Mais si je la vois, je la sauverai et vous avertirai aussitôt.

— Merci, mon garçon, dit le capitaine. Plus tard, tu seras quelqu'un, j'en suis sûr. »

Le bateau s'éloigna et s'engagea dans une autre boucle. Alors Jérémie aperçut les cinq gorilles qu'il avait déjà rencontrés. Assis à la poupe, sous une tente rayée, ils jouaient aux cartes et buvaient de la bière,

comme auparavant. L'un des gorilles se leva, enleva son chapeau et l'agita.

« Ohé, Jérémie Obadia Jackenory Jones ! cria-t-il.

— Ohé ! » cria Jérémie.

Les autres gorilles ôtèrent leur chapeau et l'agitèrent. Jérémie les salua de la main. La cheminée crachait de petits nuages de fumée qui montaient dans le ciel comme des signaux indiens, puis le bateau disparut.

Jérémie s'essuya les pieds avec un mouchoir, remit ses socquettes et ses souliers et se remplit les poches de pêches. Puis il continua son chemin en sifflotant un petit air et en s'arrêtant de temps à autre pour faire des ricochets. Au bout

d'un moment, il arriva à un pont en fer, décoré de roses en fer sur les côtés et gardé à chaque bout par deux chiens de fer. Un jeune crapaud était assis sur le garde-fou, ses petites pattes pendant sur le rebord. Le crapaud avait une minuscule couronne sur la tête et il pêchait.

Jérémie s'approcha de lui.

« Je m'appelle Jérémie Obadia Jackenory Jones, dit-il.

— Et alors ? fit le crapaud. Moi, je m'appelle Horatio Malvolio Gladiolo Dunbar D'Arcy Fitz Henri Quatre !

— Je cherche le vilain voleur qui a dérobé les tartes de ma grand-maman, dit Jérémie.

— Pourquoi t'adresses-tu à moi ? dit le crapaud. Est-ce que j'ai l'air de quelqu'un qui mange des tartes ? Et puis, je ne suis pas un vilain voleur, je suis un prince ! De plus, je n'ai jamais rencontré ta grand-maman ! »

Soudain, le crapaud recula et tira violemment sur sa canne à pêche.

« Ça mord ! s'écria-t-il. Ça mord ! »

Un petit poisson marron sortit de l'eau, au bout de la ligne. Le crapaud essaya désespérément de l'attraper, mais le poisson dit : « Bonjour ! beau temps, aujourd'hui ! » et plouf ! il retomba à l'eau !

« Flûte ! dit le crapaud en fixant Jérémie avec colère. C'est ta faute ! Tu m'as gêné !

— Pas du tout, dit Jérémie, et il s'en alla à l'autre bout du pont.

— Attends ! dit le crapaud. Où vas-tu ? »

Il ramassa une petite boîte de vers et mit la canne à pêche sur son épaule.

« Je fais un bout de chemin avec toi. »

Après le pont, il y avait un jardin à la française rempli d'arcs fleuris, de fontaines, de massifs de fleurs aux motifs compliqués, d'oiseaux et d'insectes de toutes sortes.

Le crapaud s'excusa pour son mauvais caractère.

« Je n'ai plus ma tête à moi depuis qu'on m'a changé en crapaud, dit-il.

— Je comprends, dit Jérémie. Comment cela est-il arrivé ?

— Oh ! c'était une méchante fée. Elle m'a changé en crapaud parce qu'elle ne m'aimait pas. Maintenant, mon seul espoir de redevenir prince est qu'une princesse me donne un baiser. L'ennui, c'est que la plupart des princesses n'embrasseraient pas un crapaud, même si on les payait pour cela. Et puis, les

Bonjour, beau temps aujourd'hui !

princesses ont leurs propres problèmes, quand des ogres les enferment dans des tours ou bien lorsqu'elles sont obligées de dormir pendant cent ans en attendant qu'un prince vienne leur donner un baiser !

— Comme la Belle au Bois dormant, dit Jérémie.

— Exactement. D'ailleurs, elle est là-bas ! »

Avec sa canne à pêche, le crapaud désigna un petit pavillon d'albâtre. Ce pavillon scintillait et miroitait comme certaines demeures lorsqu'on les a ensorcelées.

« Viens voir », dit le crapaud.

A l'intérieur du pavillon, Jérémie trouva des tas de toiles d'araignées, une bouteille de limonade et un grand cercueil en verre dans lequel dormait une jeune femme.

« C'est elle, dit le crapaud. Il paraît qu'elle est là depuis quarante-cinq ans. »

Jérémie se pencha au-dessus du cercueil.

« Elle a l'air tranquille.

— N'importe qui aurait l'air tranquille s'il dormait pendant tout ce temps. C'est moins grave que d'être changé en crapaud, ce qui est vraiment une catastrophe, n'importe qui te le dira. »

Jérémie et le crapaud sortirent du pavillon et reprirent le chemin.

« Maintenant, je te quitte, annonça le crapaud. On raconte que les sept nains ont accueilli chez eux une jeune fille qui s'appelle Blanche-Neige. Tu connais les gens, certains affirment qu'elle est princesse. Je me suis demandé pendant un ou deux jours si je ne devais pas aller voir ce qu'il en est au juste. Bien sûr, avec la malchance que j'ai, je découvrirai qu'elle n'est absolument pas princesse. Ou alors, si elle l'est vraiment, une sorcière sera arrivée avant moi et lui aura jeté un sort pour l'endormir.

— Ou peut-être pour la changer en grenouille, dit Jérémie.

— Oh ! ne dis pas cela ! » s'écria le crapaud.

Jérémie et le crapaud quittèrent le pavillon et retournèrent dans le sentier. A ce moment-là, les trois ours sortirent précipitamment d'un massif d'arbustes et coururent vers eux, le long du sentier.

« Vous l'avez vue ? dit le papa ours qui semblait plus furieux que jamais.

— Qui ? demanda Jérémie.

— Cette vilaine affreuse voleuse de porridge ! » dit le papa ours.

Mais avant que Jérémie ait pu répondre, les ours étaient partis. Ils traversèrent le gazon en grognant et en grommelant puis disparurent parmi les hêtres et les rhododendrons, à l'autre bout du jardin.

« Ces ours sont bien loin de chez eux, dit le crapaud.

— Oui », dit Jérémie.

Après avoir quitté le crapaud, il songea : « Moi aussi. »

Jérémie sortit du jardin et suivit la route qui menait aux collines et bien plus loin encore. A trois heures, il passa devant le vieux jardin botanique et arriva dans un jardin potager où des haricots géants poussaient jusqu'au ciel. A quatre heures, il grimpa la première colline et aperçut la Ville fantôme, à moitié cachée dans la brume, qui s'étendait au-dessous de lui. A cinq heures, il arriva à un verger de

poivriers envahi par des perruches et des pinsons. Et à cinq heures et demie, il s'arrêta une fois de plus pour manger ses pêches, près d'une haute tour entourée d'un petit fossé.

Jérémie espérait rencontrer cette fois-ci une princesse ou même un ogre et leur poser des questions sur les tartes de sa grand-maman, mais la tour était déserte.

Après avoir fini de manger ses pêches, il trouva dans l'herbe un vieux couvercle de boîte à tabac. Il le ramassa et le fit flotter sur l'eau du fossé. S'il coule, songea-t-il, ce sera signe de malchance, et adieu les tartes de grand-maman !

A ce moment-là, un motocycliste monta la colline. Il s'arrêta, descendit et enleva son casque. Jérémie vit que c'était le loup.

« J'ai oublié de te demander, mon garçon, dit le loup. Il y a une récompense ?
— Pour retrouver les tartes ? dit Jérémie.
— Oui, dit le loup.
— Non, dit Jérémie.
— Ah ! » fit le loup.

Il resta un moment à regarder le fossé, tout en jetant des coups d'œil furtifs à Jérémie.

Puis il sifflota le refrain de *Qui craint le grand méchant loup ?,* remit son casque et remonta sur sa moto.

« Bon ! je m'en vais. Je dois aller voir une petite fille qui apporte un petit pot de beurre à sa grand-maman. »

Le loup sourit à Jérémie d'un air rusé et ajouta :

« Tu connais l'histoire... »

Jérémie s'allongea dans l'herbe tiède et bâilla. Il ferma les yeux, bâilla encore, se tourna de côté, rêvassa à un tas de choses et s'endormit.

Lorsque Jérémie se réveilla, la lune et les étoiles scintillaient dans le ciel, les lucioles luisaient dans l'obscurité des arbres alentour et le sol tremblait.

« Mon Dieu ! s'écria Jérémie. Un tremblement de terre !

— Ce n'est pas un tremblement de terre, fit une voix. C'est moi ! »

Le dinosaure s'étendit de tout son long sur le flanc de la colline. Jérémie vit qu'il transportait une passagère. C'était une petite fille au visage pâle, aux yeux brillants et aux longs cheveux dorés.

« Jérémie, dit le dinosaure, il est tard. Et, à mon avis, un enfant de ton âge devrait être au lit depuis longtemps.

— Mais je cherche le vilain voleur qui a dérobé les tartes de ma grand-maman ! dit Jérémie.

— Ne pense plus aux tartes, Jérémie, dit le dinosaure. Elles ont disparu pour toujours, crois-moi.

— Et le voleur ? demanda Jérémie.

— Il n'y a pas de voleur, dit le dinosaure en secouant tristement la tête. Rien qu'une pauvre enfant affamée...

— Je mourais de faim ! cria la petite fille.

— ...séparée de ses parents bien aimés...

— Je suis tombée du bateau ! cria la petite fille. Et il est parti sans moi. J'étais trempée !

— ...perdue dans les Grands Bois, une petite étrangère dans un pays inconnu...

— Je ne savais plus où j'étais !

— Attendez, dit Jérémie. A-t-elle pris les tartes ?

— Oui, elle les a prises, Jérémie, dit le dinosaure. Elle s'appelle Boucle d'Or. »

Alors, Boucle d'Or cria à Jérémie comment le dinosaure l'avait sauvée des trois ours.

« Il m'a cueillie comme on cueille un bouton-d'or pour mettre à sa boutonnière ! dit-elle. Et je parie que les trois ours n'y ont vu que du feu !

— Oh ! ce n'est rien, dit le dinosaure. A mon avis, n'importe quel dinosaure en aurait fait autant.

— Attendez, dit Jérémie. A-t-elle aussi pris le porridge ?

— Elle l'a pris, dans un moment de faiblesse, Jérémie, dit le dinosaure.

— J'ai dû enfoncer la porte, dit Boucle d'Or.

— Elle venait juste de finir les tartes, dit le dinosaure. Allons, viens, Jérémie. Tout cela est du passé, maintenant. Grimpe sur mon dos et nous ramènerons Boucle d'Or sur le bateau de son père. Après quoi, je te ramènerai chez ta grand-maman. »

Jérémie rejoignit donc Boucle d'Or sur le dos du dinosaure. Lorsqu'ils arrivèrent à la rivière et virent briller les lumières du bateau, Jérémie tapa sur l'épaule de Boucle d'Or.

« Qu'as-tu fait du plat ? lui demanda-t-il.

— Je l'ai jeté à la tête des trois ours, répondit Boucle d'Or, quand ils ont voulu me manger !

— Ils ne mangent que du porridge, dit Jérémie.

— Eh bien ! à ce moment-là, j'en avais plein dans le ventre, dit Boucle d'Or. Oh, regarde ! Papa et maman ! »

Le dinosaure s'avança dans la rivière et baissa la tête près du bateau à vapeur. Boucle d'Or grimpa sur ses oreilles, descendit entre ses yeux, le long de son nez, puis sauta sur le pont dans les bras de sa mère.

Le capitaine Dawkins éleva son mégaphone et remercia Jérémie et le dinosaure, en son nom et en celui de sa femme,
pour avoir retrouvé leur bien-aimée Boucle d'Or. Mrs. Dawkins essaya de dire
quelques mots, mais l'émotion l'empêcha
de parler.

« Oh ! je n'y suis pour rien, dit Jérémie.
C'est le dinosaure qui a tout fait.

— Non point, non point ! dit le dinosaure. D'ailleurs, à mon avis, n'importe
quel dinosaure en aurait fait autant.

— Je ne savais pas qu'il y avait d'autres
dinosaures, dit le capitaine Dawkins.

— Vous avez raison, dit le dinosaure. Il
n'y en a plus. »

Et il ajouta, si doucement que seul Jérémie l'entendit :

« Mais je crois qu'il y en avait des centaines et même des milliers... au bon vieux temps. »

Jérémie traversa les Grands Bois sur le dos du dinosaure. Enfin, il arriva dans le jardin de sa grand-maman, puis à la maison aux murs de pain d'épice et de gâteaux, miroitant au clair de lune.

La grand-maman était venue l'accueillir sur le pas de la porte.

« Mon Dieu ! Jérémie, dit-elle. Me ramènes-tu le vilain voleur qui a dérobé les tartes de ta grand-maman ?

— Non, grand-maman, répondit Jérémie. Lui, c'est le dinosaure.

— Ah, bon ! dit la grand-maman. Je ne vois pas très bien au clair de lune. J'ai cru d'abord que c'était un dragon. »

Alors, la grand-maman et le dinosaure se dirent « Bonsoir » et « Enchanté de vous connaître », puis Jérémie raconta à sa grand-maman ce qui lui était arrivé pendant la journée.

Lorsqu'il parla de la Belle au Bois dormant, la grand-maman s'écria : « Mon Dieu ! Elle est toujours là ? Elle doit être plus vieille que moi ! » Lorsqu'il parla du loup, elle dit : « Oui, je crois que j'ai entendu parler de lui ! » Et lorsqu'il eut terminé, elle dit : « C'était donc Boucle d'Or ? Ah ! les jeunes d'aujourd'hui... »

« Tu as raison, grand-maman », dit Jérémie.

Il donna un petit coup de langue sur le loquet de la porte. C'était du caramel.

« Bien, Jérémie, dit la grand-maman. Tu es un bon et courageux garçon. Et je crois que tu t'es fait un véritable ami avec ce dinosaure. As-tu faim ?

— Oui, grand-maman », répondit Jérémie.

Maintenant, il léchait la porte qui était de sucre d'orge.

« Avez-vous faim ? » demanda la grand-maman au dinosaure.

Et avant qu'il ait eu le temps de répondre, elle ajouta :

« Bien sûr que oui ! Un grand garçon comme vous ! »

Elle se faufila dans la maison et, lorsqu'elle revint, elle portait un énorme plat.

« Je savais que tu trouverais le voleur, Jérémie, dit la grand-maman. Mais, je l'avoue, je pensais que les tartes avaient disparu pour toujours. Et, comme tu vois, j'en ai fait d'autres ! »

Jérémie regarda l'énorme plat où s'empilaient des tartelettes de pâte dorée avec de succulents petits bords ondulés et croustillants, pleines à ras bord de confiture de fraises, d'une délicieuse confiture de fraises des bois.

Le dinosaure regarda les tartes, lui aussi, et il dit :

« Ce sont les plus belles tartes que j'aie jamais vues de ma vie, madame.

— Et dans le bon vieux temps, demanda Jérémie, les tartes n'étaient pas meilleures ?

— Pas du tout, dit le dinosaure. A mon avis, en matière de tartes, c'était le mauvais vieux temps. »

Jérémie et sa grand-maman s'assirent sur le pas de la porte, le dinosaure s'étendit par terre et ils se mirent à grignoter les tartes.

FIN

**Janet et Allan Ahlberg** sont mariés, ils vivent dans le nord de l'Angleterre, leur fille Jessica est née en 1979. Allan est auteur, Janet illustratrice, mais en fait tous leurs livres sont plutôt une composition à deux, tant leur collaboration est étroite. Allan a été instituteur pendant dix ans, puis directeur d'une petite école. Janet a, elle aussi, un diplôme d'enseignante, mais elle s'est vite rendu compte que cette profession n'était pas la bonne voie pour elle. Elle a suivi des études d'art pendant trois ans, puis elle a commencé à travailler comme illustratrice. Un beau jour, elle a eu envie d'illustrer une histoire… et a demandé à Allan de l'écrire. Ce fut le déclic : "C'était comme si quelqu'un avait trouvé et tourné la clé dans mon dos et avait mis le moteur en marche", dit Allan. Il a écrit, depuis, plus de cent livres, tous réussis, tous importants. Janet en a illustré trente, dont ces chefs-d'œuvre que tu connais peut-être : *Prune, pêche, poire, prune, Le livre de tous les bébés, Le livre de tous les écoliers, Gendarmes et voleurs, Bizardos, Je veux une maman, Le cheval en pantalon,* etc.

# Qui a volé les tartes?

## Supplément illustré

# Test

Comment réagis-tu devant une situation ou un événement inattendu ? Pour le savoir, choisis pour chaque réponse la solution que tu préfères. *(Réponses page 62)*

**1** <u>Le jour de la rentrée, la maîtresse que tu as n'est pas celle qui était prévue. Tu te dis :</u>
- ● elle a l'air très sympathique
- ▲ je préférais l'autre
- ■ elle est belle aussi

**2** <u>Sur l'autoroute, la voiture de ton papa tombe en panne :</u>
- ■ tu lui dis que tu as repéré une cabine téléphonique
- ● tu trouves vite le livre d'entretien de la voiture, qui pourra aider ton papa
- ▲ tu penses que la voiture est cassée

**3** <u>Tes parents ont loué pour les vacances une cabane. Ta réaction est :</u>
- ● chic ! vivre le plus naturellement possible, c'est formidable
- ■ est-ce que l'on dort bien sur un lit de camp ?
- ▲ est-ce que nous allons vraiment rester ici ?

**4** <u>Le jour du pique- nique</u> prévu avec tes amis, il pleut :

■ tu te réjouis de voir un bon western à la télévision

● ce sera un jour formidable pour la chasse aux escargots

▲ tu te demandes ce que tu vas faire toute la journée

**5** <u>Au bord de la mer une énorme</u> tempête éclate, les vagues passent par-dessus la digue :

■ tu essaies de prendre une photo, c'est si beau !

● tu sors admirer le spectacle et respirer les embruns

▲ tu ne pensais pas que la mer pouvait être aussi effrayante

**6** <u>Le facteur t'apporte un</u> énorme paquet auquel tu ne t'attends pas :

■ c'est sûrement ta tante qui a pensé à te souhaiter ta fête

● tu adores les surprises

▲ il doit y avoir une erreur d'adresse !

**7** <u>Des touristes étrangers te</u> demandent un renseignement :

■ tu les conduis chez le voisin, car tu as remarqué qu'ils parlaient anglais

● tu essayes de communiquer avec eux par gestes

▲ tu te mets à rougir. Tu ne comprends rien du tout et tu t'éloignes

# Informations

## ■ Dans la forêt des contes… ■

Tu as sûrement remarqué que le pays de Jérémie
est peuplé de personnages et de lieux que tu as
déjà rencontrés dans d'autres contes.
Les as-tu tous reconnus ?
Pour te les rappeler ou pour te les faire connaître,
voici l'histoire de chacun d'eux.

## ■ Boucle d'Or et les trois ours

Ce conte écossais raconte
l'histoire d'une petite fille
qui, perdue dans la forêt,
se réfugie dans une maison vide. Affamée, elle
se nourrit de soupe encore fumante laissée sur la
table et, épuisée, se couche dans un lit.
Les trois propriétaires de la maison ne tardent
pas à rentrer et s'aperçoivent avec colère que

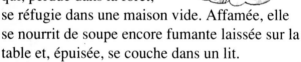

leur dîner a disparu. Ils se rendent dans
leur chambre et, stupéfaits, découvrent la
fillette endormie. Si l'on sait que
les trois propriétaires sont des ours,
on peut imaginer avec frayeur la fin de l'histoire,
à moins que…

## ■ La maison de pain d'épice

Cette histoire des frères Grimm s'appelle en
réalité *Hansel et Gretel*. Elle ressemble un peu à
celle du *Petit Poucet*. Deux enfants, abandonnés
par leurs parents trop pauvres pour les élever,
sèment des miettes de pain pour retrouver leur
chemin dans la forêt. Hélas ! les oiseaux les
mangent et les deux enfants se croient perdus à
tout jamais. Ils marchent pendant trois jours sans
dormir ni manger. Le troisième jour la
providence leur envoie un bel oiseau blanc qui
les conduit à une petite maison "bâtie en pain et
couverte de gâteaux". Quelle chance ! te dis-tu
sûrement. Mais sais-tu que la maisonnette n'est
qu'un piège tendu par une horrible sorcière dont
le seul régal est les petits enfants bien cuits ?

## ■ Le loup

"Qui craint le grand méchant loup ?"
"C'est pas nous ! c'est pas nous !"
répondent les personnages de
ce conte. Quels imprudents !
Ils devraient se rappeler l'histoire du
*Petit Chaperon rouge* que sa maman avait
chargée de porter des galettes et un petit pot de
beurre à sa mère-grand ! Méfiez-vous petits
enfants ! Le loup a une moto cette fois-ci !

Illustrations, T. Ross, *Les trois ours,*
*Le garçon qui criait au loup,* Folio Benjamin

## ■ Le crocodile

"Tic Tac, Tic Tac". Le crocodile ment, il ne s'agit pas d'un réveil, mais d'une montre qu'il a avalée. Et à qui appartenait-elle ? Au capitaine Crochet bien sûr ! l'ennemi juré de *Peter Pan*. Il n'a d'ailleurs pas seulement avalé sa montre. Il en a profité pour déguster la main et le poignet avec ! Le capitaine ne dispose plus que d'un crochet recourbé en guise de main !

## ■ Le crapaud

*Le roi grenouille* est le premier conte des frères Grimm. Un jour une très jolie princesse perdit sa boule d'or dans une fontaine. Une grenouille lui proposa de lui retrouver son jouet précieux à condition que la princesse l'acceptât pour compagnon. La jeune fille promit tout de suite, n'imaginant pas qu'une grenouille pût sortir de l'eau.
Le lendemain, la grenouille vint au château. La princesse effrayée ne voulut pas la recevoir, mais son père l'y obligea. "Ce que tu as promis, il faut le tenir", lui dit-il. Elle accepta donc de partager son repas avec l'animal. Ce qui arriva ensuite ? A toi de le deviner ou de le découvrir en lisant ce conte! Sache quand même que tout se termine par un mariage ! Illustrations T. Ross, Folio Cadet/Découverte Cadet

## ■ Les haricots géants

Les haricots géants font songer à
un conte très populaire en Angleterre :
*Jacques et les haricots magiques.* Jacques part
vendre sa vache à la foire, il rencontre un
homme qui lui propose d'échanger l'animal
contre des haricots capables de pousser jusqu'au
ciel. Jacques accepte et rentre les planter chez
lui. Le lendemain il peut grimper le long des
haricots jusqu'au ciel. Là, il découvre une
maison habitée par un ogre et sa femme. La
femme cache Jacques pour le protéger de son
mari. Jacques réussit à s'enfuir en emportant un
sac d'or. Jacques remonte plusieurs fois le long
de ses haricots pour dérober les richesses de
l'ogre (dont une poule aux œufs d'or). Comment
se termine l'histoire ? Par un mariage bien sûr !
Mais Jacques dut quand même couper ses
haricots pour empêcher l'ogre de le suivre !

## ■ Le chapelier

Le chapelier est l'un des personnages étonnants
que Alice (héroïne du fameux *Alice au pays des
merveilles* de Lewis Carroll) rencontre. Alice est
une petite fille anglaise qui croise un jour un
lapin blanc en train de consulter sa montre.
A partir de ce moment, elle vivra de
nombreuses aventures.

# Jeux

## ■ Charades enchantées

**1.** Mon premier est un liquide
Mon second n'est pas haut
Change une lettre à DO et tu trouveras
mon troisième
Mon quatrième est une voyelle
Mon tout est le nom de famille d'un petit garçon

**2.** Mon premier est un animal domestique
Mon second est le contraire de beaucoup

On dort dans mon troisième
Mon quatrième est une interjection
Mon tout a une jolie montre

Illustration de Pef, *Le livre de nattes,* Folio Cadet

**3.** Mon premier est ce que fait le mouton
Mon deuxième se boit
Mon troisième se trouve dans une forêt
Mon quatrième n'est pas réveillé
Mon cinquième ne dit pas la vérité
Mon tout est une jeune femme

*(Réponses page 62)*

# ■ Une maison bonne à croquer ■

La maison de Jérémie est bien appétissante !
Retrouve certains de ses ingrédients.

1. Dans cette histoire, les ours en sont friands.

2. Il est parfois à la menthe.

3. Fruit rouge dont raffolent les enfants.

4. C'est un mélange d'eau et de sucre.

5. Il recouvre le toit de la maison de Jérémie.

6. Tu le goûterais si tu croquais les vitres.

7. Elle est parfois au sucre.

8. Il peut être d'épice.

9. On le décore pour les anniversaires.

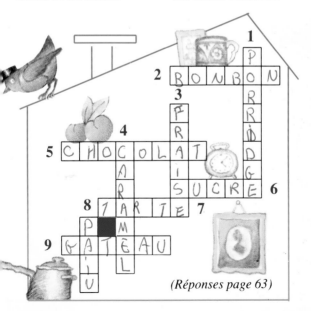

*(Réponses page 63)*

## ■ Chacun sa part ■

Grand-maman a confectionné une superbe tarte pour les personnages de l'histoire. Chacun d'entre eux fait une affirmation. Elle peut être vraie ou fausse. D'après ta réponse, retrouve le numéro de la part destinée à chaque personnage. Cours enfin vérifier tes réponses à la page des solutions !

|  | VRAI | FAUX |
|---|---|---|
| **1. Affirmation de l'ours**<br>"Nous sommes les premiers animaux que Jérémie rencontre"… | 5 | 3 |
| **2. Affirmation du crocodile**<br>"J'étais en train de me laver les dents lorsque Jérémie est arrivé"…. | 7 | 4 |
| **3. Affirmation de Jérémie**<br>"Pendant que les tartes refroidissaient, je jouais aux petits soldats"…………………… | 6 | 1 |
| **4. Affirmation de Boucle d'Or**<br>"Je n'ai pas revu mes parents depuis plusieurs jours"………………… | 5 | 8 |
| **5. Affirmation du chapelier**<br>"J'ai enfermé un loir dans une théière"…………………… | 3 | 2 |

**6. Affirmation de Grand-Maman**
"J'avais préparé des tartes pour mon frère".................................... 1   2

**7. Affirmation du dinosaure**
"Les bandes dessinées sont ma lecture favorite".................................. 4   7

**8. Affirmation du gorille**
"Mes amis et moi buvons du vin en jouant aux cartes"........................... 5   6

**9. Affirmation du crapaud**
"Seul un baiser d'une princesse me permettra de retouver ma forme de prince".................................... 9   10

**10. Affirmation du loup**
"Je nettoyais ma moto lorsque Jérémie est arrivé"......................... 7   10

# ■ La recette de la tarte ■

La grand-mère de Jérémie est une très bonne cuisinière, et toi, aimes-tu cuisiner ? Voici deux jeux pour tester tes connaissances et capacités.

**1.** Peux-tu supprimer les 4 intrus qui n'entrent pas dans la composition de la pâte à tarte :

| | |
|---|---|
| *200 g de ciment* | *1 verre de vin* |
| *125 g de beurre* | *500 g de piment* |
| *1 pincée de poivre* | *200 g de farine* |
| *80 g de sucre* | *1 pincée de sel* |

**2.** Maintenant que tu as la pâte, il te faut préparer la tarte, mais dans quel ordre faut-il faire les choses ? *(Réponses page 63)*

**A.** Coupe le beurre en petits morceaux et mélange-le à la farine, au sel et au sucre.

**B.** Dans une terrine, mélange la farine, le sucre et le sel.

**C.** Découpe tes pommes en huit. Pose les morceaux sur ta pâte.

**D.** Fais chauffer le four (demande à ta maman).

**E.** Incorpore de l'eau à la pâte et fais une boule.

**F.** Etale ta pâte puis pose-la sur un moule.

**G.** Mets ta tarte au four pendant 30 mn.

**H.** Saupoudre le tout de sucre.

# ■ Connais-tu les dinosaures ? ■■■■■■

Pour le savoir, réponds à chaque affirmation et recueille la lettre figurant en face de la réponse que tu as choisie. Place ensuite les lettres dans la grille et tu trouveras une des qualités du dinosaure de l'histoire.

*(Réponse page 63)*

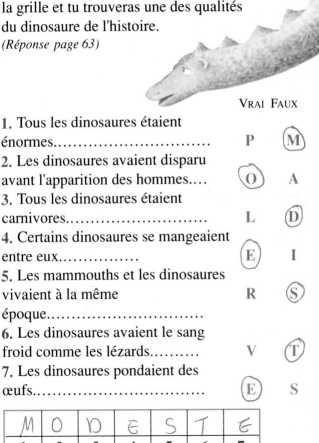

|   | VRAI | FAUX |
|---|------|------|
| **1.** Tous les dinosaures étaient énormes............................. | P | (M) |
| **2.** Les dinosaures avaient disparu avant l'apparition des hommes.... | (O) | A |
| **3.** Tous les dinosaures étaient carnivores............................. | L | (D) |
| **4.** Certains dinosaures se mangeaient entre eux................ | (E) | I |
| **5.** Les mammouths et les dinosaures vivaient à la même époque............................. | R | (S) |
| **6.** Les dinosaures avaient le sang froid comme les lézards.......... | V | (T) |
| **7.** Les dinosaures pondaient des œufs................................. | (E) | S |

| M | O | D | E | S | T | E |
|---|---|---|---|---|---|---|
| **1** | **2** | **3** | **4** | **5** | **6** | **7** |

# Réponses

**pages 50 et 51**

*Compte les ●, les ▲ et les ■ que tu as obtenus.*
*- Si tu as plus de ●, tu adores l'inattendu.*
*Toutes les situations qui sortent de l'ordinaire*
*te plaisent, et t'amusent .*
*- Si tu as plus de ▲, tu n'aimes vraiment pas*
*les surprises ! Si tu ne connais pas, si tu ne peux*
*pas prévoir, tu aurais plutôt tendance*
*à t'effrayer. Fais plus confiance à la vie !*
*- Si tu as plus de ■, l'imprévu, comme le reste, ne*
*te dérange pas outre mesure car à toute chose,*
*tu réagis en raisonnant. Pour toi,*
*aucune situation n'est insoluble, aussi*
*l'inattendu t'apparaît-il comme un nouveau*
*problème amusant à résoudre. Tu es*
*prévoyant, aussi es-tu paré à toute*
*éventualité. Tu trouves une solution à*
*tout. Et l'aventure ne te déplaît pas.*

**page 56**

*Charades enchantées : 1. Obadia*
*(eau + bas + di + a) - 2. Chapelier*
*(chat + peu+ lit + hé) - 3. Belle*
*au bois dormant (bêle + eau +*
*bois + dort + ment)*

# Réponses

page 57

*Une maison bonne à croquer :*
**1.** *Porridge* **- 2.** *Bonbon* **- 3.** *Fraise -*
**4.** *Caramel* **- 5.** *Chocolat* **- 6.** *Sucre -*
**7.** *Tarte* **- 8.** *Pain* **- 9.** *Gâteau.*

pages 58 et 59

*Chacun sa part :* Part n° 1 : Jérémie
Part n° 2 : Grand-maman -
Part n° 3 : Chapelier
Part n° 4 : Dinosaure
Part n° 5 : Ours - Part n° 6 :
Gorille - Part n° 7 : Crocodile -
Part n° 8 : Boucle d'Or -
Part n° 9 : Crapaud - Part n° 10 : Loup

page 60

*La recette de la tarte :*
**1.** *les 4 intrus sont : 1 verre de vin, 1 pincée de poivre, 200g de ciment et 500 g de piment.*
**2.** *Le bon ordre pour préparer la tarte : B. A. E. D. F. C. H. G.*

page 61

*Connais-tu les dinosaures ? : La qualité à trouver était :* MODESTE

# collection folio cadet

## série bleue

*Qui a volé les tartes ?*
Ahlberg
*La petite fille aux allumettes*,
Andersen/Lemoine
*Les boîtes de peinture*,
Aymé/Sabatier
*Le chien*, Aymé/Sabatier
*Le mauvais jars*,
Aymé/Sabatier
*La patte du chat*,
Aymé/Sabatier
*Le problème*, Aymé/Sabatier
*Les vaches*, Aymé/Sabatier
*La Belle et la Bête*, de
Beaumont/Glasauer
*Faites des mères ! Faites des
pères !* Besson
*Clément aplati*, Brown/Ross
*Le doigt magique*,
Dahl/Galeron

*Il était une fois deux oursons*,
Johansen/Bhend
*Marie-Martin*, Mebs/Rotraut
Berner
*Mystère*, Murail/Bloch
*Dictionnaire des mots
tordus*, Pef
*Le livre des nattes*, Pef
*L'ivre de français*, Pef
*Les belles lisses poires de
France*, Pef
*Contes pour enfants pas
sages*, Prévert/Henriquez
*Les inséparables*,
Ross/Hafner
*Du commerce de la souris*,
Serres/Lapointe
*Le petit humain*,
Serres/Tonnac

## série rouge

*Le cheval en pantalon*,
Ahlberg
*Histoire d'un souricureuil*,
Allan/Blake
*Le rossignol de l'empereur...*,
Andersen/Lemoine
*Grabuge et...*, de
Brissac/Lapointe
*Petits contes nègres…*
Cendrars/Duhème
*Fantastique Maître Renard*,
Dahl/Ross
*Louis Braille*,
Davidson/Dahan
*Thomas et l'infini*,
Déon/Delessert
*Aristide*, Friedman/Blake
*L'anneau magique de
Lavinia*, Pitzorno/Bussolati

*Rose Blanche*,
Gallaz/Innocenti
*Le poney dans la neige*,
Gardam/Geldart
*L'homme qui plantait...*,
Giono/Glasauer
*Les sorcières*, Hawkins
*Voyage au pays des arbres*,
Le Clézio/Galeron
*L'enlèvement de la
bibliothécaire*, Mahy/Blake
*Amandine Malabul*,
Murphy
*Pierrot ou les secrets...*,
Tournier/Bour
*Barbedor*, Tournier/Lemoine
*Comment Wang-Fô fut
sauvé*, Yourcenar/Lemoine